괜찮아, 사랑이야

괜찮아, 사랑이야

이근대 글 | 소리 여행 그림

아픔을 겪고 있는
당신에게 보내는
위로와 응원

이정
서재

나는 나 자신의 상처에서
영감을 얻는다

그늘이 촘촘하게 흘러내리는 나무 밑 계곡에서 물소리가 쟁쟁하게 들려온다. 따뜻한 음악처럼 마음을 어루만져주는 바람에 이끌려 잠시 물소리와 함께 머문 곳, 새소리가 고여 있는 산기슭에 눈을 감고 앉아 고요히 젖어 들면 마음에서 만나는 내 그리운 사람들, 그리운 사람 더욱 그리워 마음에 난 풍경을 따라 흘러간다.

행복은 이렇게 작은 것에서부터 시작된다는 것을 잘 알고 있지만 계곡의 저 물소리가 바다로 뛰어가서 파도가 되듯 나는 이곳을 벗어나 세상 속으로 뛰어들면 또다시 상처의 소용돌이 속에서 꿈을 향해 끊임없이 파도쳐야겠지.

어쩌면 상처는 내가 살아가는 원동력인지도 모른다. 나의 유년은 친구들이 점심을 먹을 때 꿈을 마시듯 우물가로 가서 밥 대신 물을 꿀꺽꿀꺽 삼켰다. 가족의 품을 떠나 혼자 생활하면서 김밥 한 줄로 저녁을 때우던 청년 시절은 지금도 심장 한복판에 문신처럼 각인되어 있다. 자세히 뜯어보면 젊은 날의 그 어려웠던 시간은 오히려 나에게 피가 되고, 살이 되고, 삶의 밑거름이 되고 있다.

힘들었던 날들은 나를 뜨겁게 불태우기에 충분했고, 몸과 마음이 휘청거리도록 버거웠던 젊은 날은 나에게 더욱 간절한 꿈을 심어주기에 부족함이 없었다. 내 상처의 크기만큼 내 꿈의 크기도 분명히 커진 것이다.

　창작한다는 것은 끝없는 자기와의 싸움이다. 나는 그 상처의 영감에서 창작을 향한 발걸음을 옮긴다. 언젠가 SNS에 포스팅한 글에 어느 독자분께서는 "작가님의 책 『너를 사랑했던 시간』을 친구에게 선물했더니 그 친구가 '작가님이 분명히 경험하고 쓴 글일 거다. 경험하지 않고 어떻게, 이렇게 사람의 마음을 후벼 파는 글을 쓸 수 있나?'라고 하였는데 작가님이 경험하고 쓴 글이 맞는지 궁금합니다"라는 댓글이 달렸다.

　나는 "이렇게 많은 경험을 했다면 제가 어떻게 살아 있겠어요. 나는 진즉에 세상 밖으로 걸어 나갔을 겁니다. 문학은 상상의 산물입니다."라는 댓글을 남기고는 "아, 성공한 거네. 독자를 완벽하게 속일 수 있었으니. 경험하지 않은 글을 썼는데도 경험했다고 생각해 주니 내가 글을 제대로 쓴 모양이네" 이렇게 혼자서 미소를 머금었던 적이 있다.

또 한 편으로는 나는 내 상처의 영감에서 창작이 출발하기에 어쩌면 그 독자분의 말씀이 맞을 수도 있다는 생각도 들었다. 나는 기분이 좋을 때보다 마음이 아플 때 글을 쓰고, 좋은 일이 생길 때보다 힘든 일이 있을 때 더욱 글 쓰는 작업에 매달렸던 것 같다. 그래서 나도 모르게 위로의 글을 써왔던 것 같다. 아니, 어쩌면 글을 쓰는 동안, 나는 나 자신을 위로하였는지도 모르겠다.

독자분들께 말하고 싶다. 지금의 고된 현실은 분명히 내일은 좋은 결과를 가져올 거라고. 어려울수록 더 많이 웃고, 힘들수록 더 긍정적으로 생각하면 분명히 좋은 날이 올 것이라고. 꿈도 없이 살았다면 아무 일도 없었겠지만 부푼 꿈을 안고 도전을 했기 때문에 고난과 역경이 불어 닥친 거라고.

나는 꿈을 안고 달려가는 그대에게 간절한 편지를 쓴다. 이 책이 괜찮은 삶을 찾아 떠나는 그대에게 흥겨운 노래가 되기를, 이 책이 사랑을 엮어가는 그대에게 향기로운 꽃이 되기를, 이 책이 가슴에 이별을 묻어둔 그대에게 따뜻한 위로가 되기를, 이 책이 힘든 삶을 인내하는 그대에게 좋은 영양분이 되기를, 이 책이 상처 속에서도 웃고 있는 그대에게 좋은 연고가 되기를, 이 책이 절망과 좌절에 무릎 꿇고 앉아 울고 있는 그대에게 지팡이가 되고, 찬란한 불빛이 되기를, 그대의 꿈이 하늘에 가닿기를, 나는 간절히 기도한다.

2023. 11.
이근대 작가 드림

차 례

prologue 나는 나 자신의 상처에서 영감을 얻는다.   · 004

제1부   괜찮은 척하다가 별이 질 때까지 울었다

칭찬   · 016
사람이 그리운 날   · 018
산을 오르면서   · 019
눈부신 인생   · 020
당신이라는 위로   · 022
내공   · 024
괜찮은 척하다가   · 028
그대   · 029
눈물에게   · 030
비가 오면   · 032
그리운 너에게   · 034
동행   · 035
너 생각   · 036
지금 이대로 나는 소중한 사람   · 038
행복한 사람   · 040
만개   · 041
바람   · 042
아들에게   · 044
가슴에 쓰는 편지   · 046
너에게 안부를   · 048
참 괜찮은 위로   · 049

제2부 　괜찮아, 이별은 사랑의 또 다른 이름이야

괜찮아 사랑이야 · 052

그리운 너 · 055

풀잎 1 · 056

꽃 1 · 058

별 · 060

너는 내게로 와서 · 061

가을 저녁 · 062

참 예쁜 비 · 064

너에게 부탁함 · 066

밤에 · 068

너는 · 070

행복은 · 071

그래그래 · 072

나는 너가 참 좋다 · 074

외로움 · 076

그대가 왔으면 참 좋겠다 · 078

풀잎 2 · 080

키스 · 081

너에게로 가는 길 · 082

인연 · 084

내일은 오지 않고 · 085

사랑 타령 · 086

제3부	괜찮아, 꿈이 있잖아	
그리운 어머니		· 090
당신		· 093
그대에게		· 094
봄날		· 096
보고 싶은 사람		· 097
사랑이다		· 098
고요한 산책		· 100
행복		· 102
비가 좋아		· 104
쓰다듬다		· 106
어여쁜 날		· 108
축복		· 110
만남이란?		· 111
사실 나는		· 112
나무		· 113
나는 나를 사랑한다		· 114
그리운 날		· 116
꽃 2		· 118
나는 안다		· 122
공원 벤치에 앉아		· 124
괜찮아, 꿈이 있으니까		· 126
힘든 날엔		· 128
하늘로 간 물고기		· 130

제4부   괜찮아, 잘 살아왔고, 잘 살아가고 있어

차라리 열심히 살지 않았더라면 · 132
즐거운 위로 · 134
유일한 사람 · 135
너에게 하고 싶은 말 · 136
너를 위하여 · 138
나에게 미안하다 · 140
아름다운 악담 · 142
눈물에 밥을 말았더니 · 143
너를 위한 기도 · 144
달빛 창가에 앉아 · 146
인생이 왜 이래? · 148
별이 내리는 밤 · 150
너를 만나러 가는 길 · 152
소중한 나 · 154
산에서 · 155
그냥 내가 좋아 · 156
나에게 · 158
잠들기 전에 · 160
만화도에서 · 162
이별하는 날 · 164
산행 · 166
혼자 있고 싶은 날 · 168

제5부 　　　　　　　　　　　　　　　괜찮아, 그럴 수 있어

이별도 사랑이야 ·170
빛나는 발견 ·172
그냥 살자 ·174
꿈 ·176
그런 거지 ·177
이별이 끝이 아니다 ·179
사랑한다, 내 인생 ·180
마음의 꽃밭 ·182
무명사 가는 길 ·184
사랑한다는 말 ·186
가까이 있는 사람 ·187
마음이 결정하는 것 ·188
달밤 ·190
창문 ·192
마음의 한 그루 나무 ·194
카타르시스 ·196
너에게 ·198
그래도 우리는 ·200
스타 ·201
깃발 ·202
무쇠 ·204
나는 나를 응원한다 ·206

제6부 괜찮아, 이제 봄이 올 날만 남았어

나를 미치게 하는 봄 · 208
봄날, 벚꽃 나무 아래에서 · 210
가슴에 섬 하나를 지니고 · 212
도전 · 213
외로운 마음 · 214
찬란한 위로 · 215
마음이 무거울 때 · 216
꿈에게 · 218
고난에게 · 220
몸살 · 222
혼자가 좋다 · 224
봄밤 · 226
그 사람 · 227
슬픔에게 · 228
차라리 대충 살까 · 230
희망 · 232
웃음 · 233
밤비 · 234
고맙습니다 · 236
풀꽃 · 238
꽃밭에 갔다가 · 239
그냥 웃어 · 240

괜찮은 척하다가
별이 질 때까지 울었다

칭찬

오늘도 나는 나에게
사랑한다, 사랑한다고 속삭였습니다

그렇게 외치지 않으면
내 몸과 내 마음을 내가 해칠 것 같아서

스펀지가 물을 품은 것처럼
슬픔을 머금은 나에게 칭찬했습니다

가슴에 피가 맺히고 못이 박히도록
열심히, 최선을 다해 후회 없이 잘 살았다고

시련의 능선에서 더 큰 꿈을 부르고
아픔의 굴레에서도 더 많이 사랑하겠다고

오늘도 나는 나에게
뜨거운 눈물을 쏟으면서 응원했습니다.

사람이 그리운 날

놀이 쏟아지는 갈대밭에 누워보라
혼자이면서 혼자가 아니라고
우겨대는 가슴이 얼마나 붉은지
그리움에 지쳐 저물녘 강가에 앉아
붉은 강물에 마음 젖어본 사람은 알리라
갈대밭에 이는 바람조차 사람이 그리워
다시 사람에게로 불어가고 있다는 것을
사람에게 상처받고 사람을 떠나온 사람이
사람을 찾아 또 길을 나서고 있다는 것을
사랑은 늘 바람보다 먼저 도착하고
바람보다 먼저 떠난다는 것을
그래서 사랑은
늘 혼자 남아 아파한다는 것을,

산을 오르면서

산을 올라가 보면 안다
내려와야 할 산을
왜 숨을 헐떡거리며 오르는가를

정상에 당도하면 안다
왜 무거운 배낭을 던져버리지 못하고
산꼭대기까지 짊어지고 왔는가를

산을 내려가 보면 안다
매 순간, 휘청거리게 하는 무게가
얼마나 나를 꼿꼿하게 세웠는가를

세월이 흘러가면 안다
함부로 삶의 무게를
벗어놓아서는 안 된다는 것을,

눈부신 인생

누구나 살면서 한 번은
죽음을 꺼내든 적 있으리라

무너지는 삶을 바라본다는 것
표류하는 자신을 목격한다는 것

지친 나를 접어버리고 싶은 순간이
밀물처럼 밀어닥친 적 있으리라

그래도 행동으로 옮기지 못하고
가슴에 피어나는 뜨거운 눈물로
자신을 끊임없이 일으켜 세웠으리라

존재는 더 눈부시고
인생은 가슴 아리도록 아름다운 것이리라

세상이 힘들고 버거워도
마음의 꽃밭을 가꾸면서 노래하면 좋겠다

그냥 놓아버리기에는
인생은 눈부시게 아름답다.

당신이라는 위로

힘들 때
당신을 생각합니다

좋아하는 사람을 떠올리면
마음의 큰 위로가 되거든요

사랑하는 사람을 그리면
마음의 커다란 응원이 되거든요

당신은 내게
그런 등불 같은 사람입니다

당신이 힘들 때
당신도 나를 기억해주면 좋겠습니다

좋아하는 사람이 있다는 건
마음의 큰 힘이 되거든요

사랑히는 사람이 생겼다는 건
마음의 눈부신 활력이 되거든요

나는 당신에게 꿈을 선사하는
당신의 등대가 되고 싶습니다.

내공

힘들어 하지 마라

내가 지쳐 있을 때

누군가가 힘이 되어 주지 않는다 해도

지쳐서 외롭다고 말하지 마라

우리가 더불어 사는 것 같아도

내가 어려움에 놓이게 되면

관계는 썰물처럼 순식간에 도망쳐 버린다

내 삶이 참되고

참되지 않고를 떠나서

곁에 머물다가 흙탕물이 튈까 봐

미리부터 겁먹는 것이다

추호도 원망하지 말고

마음 아파하지도 마라

내가 언제 남에게 인생을 대출받은 적 있었던가

지금까지 순전히 내 힘으로

적금 부어 살아온 인생 아니던가

남에게 기댈 생각도 하지 말고

그 누구도 믿지 마라
나를 키우는 건 언제나 역경,
차라리 역경과 의기투합하여 내공을 쌓아라
혼자서 뼈저린 눈물로 각오를 다질 때
더 큰 미래가 오고
더 많은 기회가 찾아오리라.

괜찮은 척하다가

초저녁별이 지나갈 때
너를 웃으면서 보내주려 했는데

달빛이 눈가에 흘러내리는 바람에
끝까지 웃어주지 못했다

나를 사랑해줘서 고맙다고
예쁘게 사랑할 수 있어서 행복했다고

하늘 아래 다시 없는 미소로
너의 뒷모습을 꽃 피워 주려고 했는데

슬픔이 목젖에 버티고 앉아
내 마음을 훼방 놓고 있었다

괜찮은 척하다가
혼자서 별이 질 때까지 울었다.

그대

별은 하늘에서 반짝이고
그대는 내 안에서 반짝인다

그대가 언제, 어디서, 무엇을 하든지
단 한 순간도 그대를 놓아본 적 없다

꽃은 꽃밭에서 피고
그대는 내 안에서 피어난다

그대가 언제, 어디서, 누구를 만나든지
단 한 순간도 그대를 지나온 적 없다

새는 나무 위에서 노래하고
그대는 내 안에서 노래한다

내 마음속에
깊은 그대가 있다.

눈물에게

허공의 깃발처럼 펄럭이는 나를
곁에서 손잡아 줘서 고맙다

이유 없이 미안하고
그냥 할 말이 없는 내 인생

아픈데 없이
잘 살아줘서 고맙다

사람 사는 세상,
힘들어도 등질 이유가 없다

힘들게 해서 면목 없고
버겁게 해서 할 말 잃은 내 인생

멀리 밀어내고 싶지만
밀어내면 더 밀고 들어온다

위기 때마다 찾아와

마음을 감싸주는 눈물

너는 내 인생의 가장 따뜻한 벗이다,

비가 오면

비가 오면
마음이 설렘에 젖어서 좋다

너 생각이 나서 좋고
내 마음을 바라볼 수 있어서 좋다

너가 있어서 좋고
내가 너에게 젖을 수 있어서 좋다

비 오는 풍경을 보고 있으면
너가 빗방울처럼 뛰어올 것 같아서 좋다

빗물 같은 사랑에 울어도 좋고
빗소리가 울음소리를 숨겨줘서 좋다

제1부

아픈 내 마음을 알아줘서 좋고
그리운 내 사랑을 데려다줘서 좋다

비가 오면
마음의 돌담길을 걸어 너에게 갈 수 있어서 좋다.

그리운 너에게

소주 한잔 마시고
밤하늘을 바라보다가

가슴에 별처럼 돋아나는 너를
문득 발견하고 말았다

취기겠지 하면서
애써 외면하려고 했는데

나도 모르게
너에게 젖어 버린 마음

밤이 끝날 때까지
나의 마음을 속삭였으면 좋겠다.

동행

몸은 비록 멀리 있어도
마음을 함께 하는 그린 사람이 있다.

군이 말하지 않아도
숨 쉬는 것을 느낄 수 있고
군이 확인하지 않아도
마음을 읽을 수 있는 그런 사람이 있다

사는 곳이 달라도 함께 생각하고
가는 길이 달라도
마음이 동행하는 그런 사람이 있다

마음을 함께 한다는 건
그 사람의 진심을 느끼기 때문이고
삶을 동행한다는 건
그 사람의 영혼까지 사랑하기 때문이다.

너 생각

별을 보면
너 생각이 돋아난다

힘들 때일수록
더욱 영롱하게 빛나는 너

나는 너를 꿈꿀 때
가슴이 가장 반짝거린다

꽃을 보면
너 생각이 피어난다

힘들수록
꽃보다 더 크게 웃고 있는 너

너는 나의 봄이고
나는 너의 미래다.

지금 이대로 나는 소중한 사람

누가 뭐라고 해도
지금 이대로 나는 소중한 사람입니다

나를 애타게 포장하지 말고
너무 잘하려고 발악하지도 말아요

어디에서 무엇을 해도
누구와 어떤 관계에 놓여도
나는 이 세상에 하나밖에 없는 소중한 존재입니다

폭우가 쏟아져도 자신만만하게
하늘 향해 뻗어가는 나무처럼 별까지 가도록 해요

미친개가 옆에서 짖든지 말든지
나는 당당하게 내가 가는 길을 가면 됩니다

봄날, 꽃밭을 단장하듯 꾸미지 않아도
나는 있는 그대로 충분히 예쁜 사람입니다

꽃은 그냥 피기만 해도
그 자리가 꽃밭이 되거든요.

행복한 사람

별빛이 피어날 때는
내 마음은 밤하늘이 되고
밤이 깊어질 때는
나는 그대 꿈을 꾸게 된답니다

흰 눈이 포근하게 내릴 때는
내 마음에 그리움이 쌓이고
꽃잎이 사랑스러울 때는
내 마음은 그대 향기로 가득해집니다

콧노래가 흘러나올 때는
내 마음은 사랑에 빠져있고
춤을 추고 싶어질 때는
나는 그대가 보고 싶어집니다

나비처럼 훨훨 날아 그대에게 갈 때
나는 꿈처럼 행복한 사람이 됩니다.

만개

꽃을 보년
그냥 마음이 아프다

만개할 때까지
얼마나 많은 시련을 견뎠을까?

꽃을 보면
그냥 눈물이 난다

나도 활짝 핀 채,
예쁘게 나부끼고 있다.

바람

거친 바람이 불면
나는 거부하지 않고
바람과 함께 흔들리겠습니다

바람이 없으면
바람을 찾아다니면서
거친 바람을 맞겠습니다.

바람을 피해 다니면
바람은 나를 따라다니면서
평생 괴롭힐 것입니다

흔들리는 만큼 성장하고
넘어진 횟수만큼
힘차게 다시 일어서겠습니다

이미 내 친구가 된 바람은
내가 삶을 버거워할 때
큰 힘이 되고 근육이 됩니다.

흔들림 속에서 꽃이 피고
어려움 속에서 핀 꽃은
더 오래 피어 있기 때문입니다.

아들에게

아들아, 내가 너를 부를 때마다
이렇게도 가슴이 뛰는 것은
너의 몸에 내 끓는 피가
흐르고 있기 때문만은 아니다

너가 어릴 때 더 많이 안아줄 걸 그랬다
더 많이 사랑한다고 말하고
더 많이 뽀뽀도 해줄 걸 그랬다
퇴근길에 과자 하나 더 사주고
일요일이면 더 많이 놀아줄 걸 그랬다

연습이 없는 인생이라
늘 서툴고, 부족해서 안타까운 바람이 불고
더 잘해주지 못해서 마음에는 자주 비가 내린다

만약, 내가 과거로 돌아간다면
너의 눈을 맞추고 얼굴을 부비겠다

푸른 잔디 위에서 신나게 공도 차고
딩가딩가 손잡고 놀이공원에 가서 깔깔거리겠다

너를 위하여 달빛 아래에 앉아 기도하는 밤,
나는 환희와 전율의 물방울에 젖어버렸다

많고 많은 인연 중에
우리가 어떻게 부자가 되었을까
감격해서 가슴 벅차고
소중해서 너를 마음에서 놓을 수가 없구나

아들아, 내 아들이 되어 줘서 고맙구나
다음 생에는
내가 아들의 좋은 아들이 되어
아들에게 꿈같은 행복을 심어주고 싶구나.

가슴에 쓰는 편지

힘들다고 말하고 싶은데
정작 하소연할 사람이
지금 내 곁엔 없습니다

몸을 기대고 그저 허공만을 바라볼 뿐,
혼자서 눈물의 파문만 일으킬 뿐입니다

내게 허공이 아무런 힘이 되지 못한다는 걸
뻔히 알면서도
어디에라도 내 마음을 맡겨야만 했습니다

인생은 이런 것이라고 토닥거려도
도무지 마음이 진정되지 않습니다

누구나 이렇게 살고 있다고 하면서도
내게 그 어떤 위로도 되지 않습니다

그래도 나는 참 행복한 사람입니다
아직도 흘릴 눈물이 남아있으니까요.

너에게 안부를

아직 별이 뜨지?
언제 한 번 별을 따다가
우리 함께 저녁밥 지어 먹어요
그냥 세월을 받아들이기엔
우리의 인연이 너무 억울하잖아요
서로 담을 쌓고 기다리지만 말구요
밤의 문을 열고 나와 봐요
그 동안 말 못한 달에 대하여
달을 안고 살아가는 밤에 대하여
찻잔이 알아듣도록 우리 얘기하도록 해요
인연도 벽 안에 처박아 두면
한 알의 먼지 밖에 되지 않지만
갈고 닦으면 보석이 된데요
그냥 두면 녹이 슬어서 못 쓴데요
우리의 인연이 빛나는 그 날까지
아프지 말고 오래 기다려줘요

참 괜찮은 위로

삶의 고된 내용이
혼자서 밤을 헤매던 날이었다

후두둑 떨어지는 낙엽처럼
눈물이 나를 찾아 왔다

"내가 있으니 안심하라"고
"내가 지켜줄 거니까 걱정마라"고

내 이야기에 고개 끄덕이며
밤새도록 손을 잡고 걸어주었다

살다살다 눈물이
그렇게도 좋았던 날은 처음이었다

제 2 부

괜찮아, 이별은 사랑의
또 다른 이름이야

괜찮아 사랑이야

슬픔도 사랑에서 시작되고
아픔도 사랑하면서 깊어지는 거지

슬퍼도 괜찮고
조금 아파도 괜찮아

사랑이 없다면 이별도 없고
이별이 없다면 사랑도 없는 거야

사랑 때문에 피어난 상처는
사랑으로 치유하면 되는 거야

그리움이 허공의 나비처럼
흘러 다녀도 괜찮고
사랑했던 시간이
강물 위의 놀처럼 머물러 있어도 괜찮아

중요한 건
사랑을 잃어버리면 안 된다는 거지

괜찮아 이별은
사랑의 또 다른 이름이야.

그리운 너

너가 보고 싶어
울면서 왔다

그냥 포근하게 안아주면
안되겠니?

돌아서기엔
너의 마음 깊은 곳까지 이미 와 버렸다

그냥 돌아가라 하면
나는 더 크게 울면서 가야 한다.

풀잎 1

바람이 거침없이
나를 흔들고 있다

매 순간, 무너지지 않기 위해
바람의 일부가 되었던 삶

밖에서 부는 바람보다
내 안에서 부는 바람이 더 무서웠다

불꽃처럼 위태롭게 흔들려도
파도처럼 당당하게 일어서야지

의욕이 꺾일 때마다
나는 몹시 두려웠지만
꺾이는 각도보다 더 크게 일어섰다

"힘들다, 아프다"
아우성쳐도
내 인생은 언제나 봄날

쓰러진 나를 일으켜 세우는 건
언제나 바람이었다.

꽃 1

꽃이 아름다운 건
매 순간, 자신한테 웃어주기 때문이다

비가 와도 웃고
흰 눈이 가슴에 쌓여도 웃는 꽃

그리움이 불어와도 웃고
사랑이 머물다간 이후에도 웃는 꽃

꽃이 향기로운 건
끝없이 남한테 웃어주기 때문이다

자신을 힘들게 해도 웃어주고
자신을 예쁘게 봐주면
더 크게 기뻐하는 꽃

어둠에 구속당해도 웃어주고
햇살이 포근히 안아주면
더욱 활짝 반겨주는 꽃

너에게 꽃을 선물하는 건
너가 내 마음의 봄이기 때문이다.

별

힘들 때
더 반짝이고 있습니다
힘들다고 나를 놓아버리면
내 인생은 영원히 나락으로 떨어질 것 같아서

버거울 때
더욱 영롱하게 웃고 있습니다
버겁다고 어둠 속에 숨어버리면
나는 영원히 어둠의 저편으로 사라질 것 같아서

세상 사람들 모두가
나를 바라보고 있기에
어둠이 짙을수록
더욱 찬란하게 살고 있습니다

내 인생,
언제나 별이 빛나는 밤입니다.

너는 내게로 와서

예쁘다는 생각이 들었다
처음에는 그냥 막연하게 생각했다

시간이 갈수록
마음에 잔잔한 파동이 일어났다

마음이 덜컹거릴 때마다
사랑에 전율이 일었다.

텅 빈 마음에
누군가가 자리 잡는다는 건
가슴 벅찬 감동이다

너는 그렇게 내게로 와서
나의 달콤한 봄이 되었다

가을 저녁

저물녘, 눈을 감고
단풍나무 아래 앉아 보라

속눈썹을 적시는 소슬바람이 좋고
가슴을 여미는 추억이 참 좋다

고즈넉한 배경에 앉아
내가 그 가을의 일부가 되는 순간

마음에 피어나는 단풍이 곱고
영혼을 예쁘게 물들이는
인주 같은 노을빛이 참 곱다

여기까지 오느라 고생한 나를
눈을 감고 고요히 바라보는 순간,

나에게 고마워서
눈물이 난다.

참 예쁜 비

오늘은
비가 참 예쁘다

너와 내가 사랑했던 시간만큼
눈부시게 예쁘다

너와 나의 추억을 적셔줘서 예쁘고
지난 사랑을 촉촉하게 소환해줘서 예쁘다

비보다 예쁜 목소리로
너에게 전화를 걸고 싶다

우리는 그대로인데
세상이 너무 많이 빛바래서 눈물이 난다고

죽을 만큼 그리운 사람이 눈앞에 있어도
천 리 길보다 더 멀어서 마음이 참 아프다고

오늘은
비가 참 좋다

슬프게 내려서 좋고
너가 보고 싶도록 예쁘게 내려줘서 참 좋다.

너에게 부탁함

있으면 있는 대로
없으면 없는 대로 살아라

바득거리면서 매달린다고
그냥 생기는 게 아니다

마음에 용을 쓰지도 말고
너무 애쓰지도 마라

미리 걱정하다가 보면
지금 이 순간,
행복은 먼 나라의 이야기가 된다

영원히 죽지 않을 것처럼
살지 마라

그러나 죽을 듯이
뜨겁게 살아라.

밤에

보고 싶으면 안 되는데
그리워 미칠 것만 같을 때가 있다

얼룩진 시간의 그네에 앉아
공연히 세월을 허비하지 마라

붉은 놀이 강변으로 내려와
이미 강물을 따라가 버린 늦은 시간

너는 별을 노래할 때
가장 아름답다.

너는

너는 따뜻한 사람이다
한파가 몰아치는 겨울 저녁,
김이 모락모락 피어나는
갓 지어진 쌀밥처럼 따뜻한 사람이다.
이 빠진 밥그릇의 상처를 바라보면서
그 아픔을 마음에 담아내는 사람이다
상처 난 그릇을 버리지 못하고
새하얀 마른행주로 물기를 닦고 또 닦아
마음의 선반 위에 올려놓고
따뜻한 미소로 바라보는 사람이다
너는 상처로 얼룩진 나를
소중하게 지켜주는 그런 사람이다

행복은

행복은 멀리 있는 게 아니다
내 안의 가장 가까운 곳에 있다

행복은 먼 훗날에 찾아오는 게 아니다
현재 나와 함께 하고 있다

행복은 별나라의 이야기가 아니다
지금 이 순간 내 마음속에서 일어나고 있다.

그래그래

그래그래 울어라
마음의 티눈이 쏙 빠지도록 울어라

세상에는
울음만큼 좋은 약이 없고
울음만큼 큰 힘이 되는 건 없다

그래그래 마음껏 울어라
마음의 상처가 말갛게 씻기도록 울어라

상처에는
눈물만큼 좋은 연고는 없고
눈물만큼 큰 위로가 되는 건 없다

세월 속에 묻어둔
마음의 상처가 떠나도록 울어라

가슴에 묻어둔
사연 없는 인생은 없다.

나는 너가 참 좋다

내 곁에 너가 있어서
나는 참 좋다

봄처럼 향기롭게
피어나는 내 마음

보고 있어도 보고 싶어서
나는 자꾸 피어난다

미친 듯
두근두근 뛰어가는 내 가슴

이 순간이 영원하면
얼마나 좋을까

설렘에 젖은
너의 영롱한 눈빛

내 마음에
너의 눈빛이 달콤하게 스며있어서
나는 참 좋다.

외로움

해가 시들면
가슴이 철렁합니다

폭풍처럼 밀려오는 어둠을
혼자서 감당하기 힘들어서
마음 한복판에 생겨난 외딴섬 하나

달이 피어나면
가슴이 찌릿합니다

이 아름다운 풍경을
혼자서 어떻게 바라보나 싶어
달빛 아래 서서 고요히 숨죽인 마음

별빛이 마음의 초인종을 누르면
참았던 눈물이 왈카 쏟아집니다.

그대가 왔으면 참 좋겠다

그대가 왔으면 참 좋겠다

어두운 방에 불이 켜지듯
그대가 내 마음을 밝혀 줬으면 참 좋겠다

나는 그대의 빛나는 눈동자를 닦고
그대는 나의 아픈 상처를 씻어줬으면 참 좋겠다

함께 있어도
하루에도 몇 번씩 물결치는 외로움

나는 그대의 쓸쓸한 영혼에 군불을 지피고
그대는 내 마음에 흩어지는 바람을 잠재워줬으면 참 좋겠다

텅 빈 세상에
혼자 산다는 건 고역이다

좋은 사람을 만나
마음의 등불을 밝히고 끝까지 갔으면 참 좋겠다

좋은 사람이 곁에 있다는 건
감격과 감동이 휘몰아칠 일이다

지구를 수천 바퀴 돌아
그대 지금 오고 있는가.

풀잎 2

나를 휘청거리게 하는 것도 바람이고
나에게 의욕을 심어주는 것도 바람이다

마음은 언제나 문밖에 서 있고
나는 언제나 바람 잘 날 없다

그래도 나는 바람이 참 좋다
나에게 바람은 늘 살아가는 큰 힘이 된다.

키스

너의 마음에 "사랑한다"라고 쓴다

입술이 떨려 글자가 일그러지려 하지만
마음이 가장 예쁘게 반짝이는 순간,

너도 내 마음에 "나도"라고 쓴다

심장이 뛰어 글자가 흐트러질 지경이지만
영혼이 달콤하게 꽃 피던 절정의 순간,

우리 서로에게 "사랑한다"라고
입술에다 쓴다

경계가 풀린 너의 마음을 열고
하염없이 헤엄쳐가는 내 마음이 이토록 황홀할까.

너에게로 가는 길

너가 그리울 때
길을 걸었고
너가 보고 싶을 때
또 길을 걸었다

너가 생각날 때
길을 걸었고
너가 사랑스러울 때
무작정 길을 걸었다

길을 걸으면
너를 만날 수 있을 것 같아서
하염없이 길을 걸으면
너에게 갈 수 있다는
막연한 기대감에 사로잡혀 있었다

나는 사는 날까지

끝끝내 너에게 갈 수 없다고 해도

수많은 시간,

수많은 길을 멈추지 않고 걸어갈 것이다

인연

많은 내가 가지도 않고
많은 너가 오지도 않았으면 좋겠다

언제든지 나비처럼 흘러갈 수 있게
마음의 창을 열어 놓았으면 좋겠다

너무 얕은 사이도 말고
너무 깊은 관계도 아니었으면 좋겠다

언젠가 우리는
끈 터진 연처럼 인연을 놓아야 할 사람들,

나는 이미 너무 많은 나를
너에게 보내 버렸다.

내일은 오지 않고

내일이면
괜찮아 진다고 해서
내일을 기다리고 또 기다렸다
죽도록 고대해도 내일은 오지 않고
오늘만 껌딱지처럼 내게 딱 붙어 있다
내일이면
괜찮을까, 정말 괜찮아 질까
실낱같은 숨을 내쉬며 기대감에 잠들지만
눈을 뜨면
오늘이 또 내 앞에 계속 버티고 서 있다
하루 이틀도 아니고
해가 지친듯 넘어졌고, 달도 힘든듯 잠들어 버렸다
내일만 져다보고 있다가
내 마음 단풍 다 드는 거 아닐까

그래도 기다릴 내일이 있다는 것은
꿈꾸는 내가 있기 때문이다

사랑 타령

내가 무슨 잘못을 했길래
이렇게도 힘들게 사나 싶어
눈물이 쏟아졌다
아등바등 허리 휘는 나를 보면
나도 참 불쌍하다는 생각이 들어
폭포처럼 거침없이 눈물이 쏟아졌다
그래도 이 정도면
나는 참 괜찮은 사람이라고 위로하는 바람에
한여름밤 소나기같이 뜨거운 눈물이 쏟아졌다
보지도 못한 전생을 끄집어내어
내가 뭘 잘못했냐고 욕도 퍼부어보았지만
아무런 소용이 없었다
전능하신 나의 부처님께 매달려 백팔배도 하고
수 천 번을 엎드려 참회도 했지만
버거움은 감소하지 않았다
하늘빛에 눈을 씻고 봐도
나는 보이지 않고 구름만 둥둥 떠 다녔다.

허공의 달빛을 따라 갈까 해도

마음대로 가지 못하는 신세가 처량했다

단 한 번 뿐 인 이 길을

그냥 이렇게 보낼 수 없어 눈물이 쏟아졌다

"사랑한다 사랑한다"하면서

평생 사랑타령만 하다가 죽을 것 같아

눈물이 쏟아졌다

제 3부

괜찮아,
꿈이 있잖아

그리운 어머니

내 영혼 깊은 곳에
문신처럼 새겨진 어머니,

사랑한다, 보고 싶다
노래하듯 매일 속삭여줄 걸 그랬습니다

그 이름도 아름다운 모자지간으로 만나
강 건너 꽃을 보듯
서로를 바라보았던 시간들,

눈에 보이는 아픔보다
마음에 담아둔 눈물이 더 깊었을 어머니,

따뜻하게 손도 한 번 잡아주지 못해 미안하고
감사하다는 한마디 말도 건네지 못해 미안합니다

힘들고 어려울 때
내 가슴을 파고드는 어머니

내가 죽으면
당신을 만날 수 있을는지요.

당신

자주 보면
단점이 먼저 마음을 걸고 넘어지지만
가끔 보면
단점까지도 사랑스러워 웃음이 난다

붙어 있으면
싸움이 벌어지지만
떨어져 있으면
그리움에 지쳐 눈물이 난다

헤어져 있어 봐야
얼마나 소중한가를 안다.

그대에게

사람이 아름다운 것은
아픔 속에서도
사랑으로 살아가기 때문이고요

꽃이 아름다운 것은
떨어질 때도
웃음을 잃지 않기 때문이래요

밤하늘이 아름다운 것은
어둠이 짙을수록
별이 더욱 빛나기 때문이고요

삶이 아름다운 것은
파도 같은 시련 속에서도
포기하지 않고 꿈을 꾸기 때문이래요

내가 아름다운 건

내 가슴 깊은 곳에

그대가 있기 때문입니다.

봄날

너가 먼저
나를 보고 웃어줬다

나도 따라
너에게 웃어줬다

서로 마주 보고 웃고 있으니
우리 사이가 꽃밭이 되었다

다음에는 내가 먼저
너에게 웃어줘야겠다.

보고 싶은 사람

우리에게도
꽃 피는 시절이 있었다

심장이 고장 난 듯 뛰어서 예뻤고
정신이 나간 듯 설레서 예뻤던 우리

함께 일생을 살아가겠다고 다짐했지만
인연이라는 게 억지로 되지 않더군

바람 속에 흩어지는 꽃잎처럼
그렇게 세월 속으로 흩어진 우리

너의 안부가 궁금해지는 저녁이면
나는 그냥 "보고 싶다"라고
허공에 속삭여 본다.

사랑이다

단점까지도 장점으로 보이는 게
사랑이다

빛나는 눈빛만 가슴 설레게 하는 게
아니라

못난 덧니까지도 예쁘게 보이는 게
사랑이다

상처까지도 보듬어줄 수 있는 게
사랑이다

흠집 많은 너로부터 도망치는 게
아니라

함께 짊어지고 인생 끝까지 갈 수 있는 게
사랑이다

온전한 사랑이란
존재 그 자체만으로도 가슴 뛰는 것이다.

고요한 산책

공기도 예쁘고
하늘빛도 참 예쁘다

공기의 흐름 속에
나도 하나의 풍경이 된다는 것,

나는 한 그루의 나무가 된 듯
마음이 울창해진다

나의 나뭇잎에 스며드는 햇볕도 좋고
귓밥을 만지작거리는 산들바람도 참 좋다

시간이 정지된 듯 고요함이 지나갈 때
나의 뇌리에는 풀벌레 소리가 돋아난다

풀숲에 고여 있는 그늘이 예쁘고
공중에 떠도는 새의 눈물도 따뜻해서 참 좋다

허공 끝이 어디일까?
나는 끝까지 가보고 싶다.

행복

아플 때
병원에 함께 갈 사람이 있다는 건
행복이다

독야청청할 수 없는 세상
누군가와 나를 공유하는 것은 큰 기쁨이다

눈물 날 때
닦아줄 따뜻한 손길이 있다는 것은
행복이다

들판의 봄바람처럼 사는 것도 좋지만
정원에 이는 다정한 바람도 참 좋다

힘들 때
손을 잡아줄 사람이 있다는 것은
행복이다

놀이 강물 위에 피어오르는 날
주름진 손을 잡고 강변을 걷고 있는 두 사람의 뒷모습은
얼마나 아름다운가.

비가 좋아

비가 좋아서
단둘이 길을 걸었다

나무에 내리면 나무가 되고
꽃밭에 내리면 꽃잎이 되는 비

비가 좋아서
비를 맞으며 길을 걸었다

아무리 모난 모서리에 떨어져도 상처받지 않고
아무리 넓은 바다에 떨어져도 깊이를 더하는 비

비가 좋아서
비 냄새에 젖어 길을 걸었다

자신이 떠나는 하늘엔 별빛을 남기고
자신이 떠나는 땅 위엔 꽃밭을 가꾸는 비

비가 좋아서
비와 함께 빗속을 그냥 걸었다

슬픈 마음을 함께 해줘서 좋고
아픈 마음을 촉촉이 어루만져줘서 좋은 비

오늘은 비와 내가
손잡고 걷는 날이다.

쓰다듬다

"잘했다 잘했어"라고
너의 쓸쓸한 등을 쓰다듬네

바람이 꽃잎을 쓰다듬듯
강물이 세월을 쓰다듬듯

너의 슬픔을 쓰다듬고
너의 아픔을 쓰다듬네

햇살이 수면을 쓰다듬듯
달빛이 허공을 쓰다듬듯

너의 외로운 강을 쓰다듬고
너의 그늘진 언덕을 쓰다듬네

"괜찮다 괜찮다"고
너보다 내가 더 많이 울었네.

어여쁜 날

텅 빈 허공에
꽃이 피었다

비가 와도 어여쁘고
추억이 불어와도 어여쁜 꽃잎

해가 솟아도 어여쁘고
달이 피어도 어여쁜 꽃잎

꽃잎처럼 어여쁜 너가
내 마음속으로 들어왔다

새의 눈물도 어여쁘고
숲이 피워대는 바람도 어여쁜 봄

강물이 바다로 가도 어여쁘고
별빛이 태양에 시들어도 어여쁜 봄

내 마음에 너가 피어 있어서
더욱 어여쁜 봄날이다.

축복

좋은 사람과
마음을 공유한다는 건 행복이다

멀리 있어서 자주 만나지 못해도
마음으로 동행한다는 건 큰 기쁨이다

서로 그리워하면서 응원한다는 건
삶의 힘이 되고, 큰 위로가 된다

힘들 때 좋은 사람을 마음에 담아 보라
얼마나 가슴 따뜻한 위안이 전해지는지

생각을 공유하고 추억을 나누면서
삶을 동행하는 가슴 벅찬 사람

좋은 사람과 생을 함께한다는 건 큰 축복이다.

만남이란?

만나 보면 안다

만남이란 게
얼마나 어려운 일인가를,

이별해 보면 안다

만남보다 더 힘든 건
이별이라는 것을,

그래서 사랑은
늘 도망 다니는 거지

사실 나는

사실은 너에게 "괜찮다, 괜찮다"하면서도
괜찮지 않은 사람은 나였어

어쩌면 너를 위로한 게
나를 위로한 건지도 몰라

사실 나는 상처에 저당 잡혀 살았거든
아픔의 기억 속에서 오래 거주했거든

그래서 내 눈물이
너의 눈물을 따뜻하게 닦아줬는지도 몰라
그래서 나보다도 너의 마음을 더 보살폈는지도 몰라

너의 아픔을 안아준 건
나의 깊은 "상처"였는지도 몰라.

나무

흠집 없이 꽃 피는 나무가
어디 있으랴

험난한 세상에 꿈을 안고 살면서
상처받지 않은 눈빛이 또 어디 있으랴

원석도 수많은 두드림의 고통 속에서 보석이 되고
비단도 가위로 찢고 실로 기워야 아름다운 옷으로 탄생하는 것을,

세상에 짓밟히지 않고
길을 가는 발자국이 어디 있으랴

치열한 세상에 경쟁을 안고 살면서
빼앗겨 보지 않은 의자가 또 어디 있으랴

모진 풍파를 헤치고 고지에 올랐을 때
마침내 뿌리 깊은 나무로 우뚝 서는 것을,

나는 나를 사랑한다

나는 나를 사랑한다

꽃이 피고 질 때도 사랑하고
해가 뜨고 질 때도 사랑한다

구름이 피어날 때도 사랑하고
바람이 사라질 때도 사랑한다

나는 나를 사랑한다

인연이 찾아올 때도 사랑하고
이별이 지나갈 때도 사랑한다

비가 내릴 때도 사랑하고
눈이 쏟아질 때도 사랑한다

내가 나를 사랑해주지 않으면
아무도 나를 사랑해주지 않는다

무엇보다 힘들 때일수록
나는 나를 더욱 사랑한다

내 영혼에서 꿈이 사라지는 순간까지
나는 나를 사랑한다

그리운 날

외로운 날,
나는 음악을 들으면서
찻잔을 들고 창밖을 바라본다

쓸쓸한 날,
나는 책을 읽으면서
좋은 생각으로 군불을 지핀다

괴로운 날,
나는 소주를 마시면서
밤하늘에 흐르는 별을 노래한다

그리운 날,
나는 추억을 속삭이면서
놀과 함께 하염없이 강둑길을 걷는다

그런 날,

너의 소식이 온다면

나는 봄의 꽃잎처럼 춤을 추고 싶다

그리움은

사랑보다 더 깊고 간절해서

애타는 비가 자주 내린다.

꽃 2

나는 너가 참 좋다

항상 웃고 있어서 좋고
어떤 상황에서도 웃음을 잃지 않아서 좋다

바람 부는 언덕에 홀로 서 있어도 웃고
하늘이 무너질 듯 천둥 번개가 쳐도 웃고 있는 너

나는 너가 참 좋다

오랫동안 그늘이 머물러도 웃고 있어서 좋고
햇볕이 시들어도 화사하게 웃어줘서 좋다

어둠 속에 있어도 어둠에 물들지 않고
빗방울이 내려쳐도 빗물에 스며들지 않는 너

나는 너가 참 좋다

혼자 있을 때도 웃고 있어서 좋고
같이 있으면 옆에 있는 사람까지 활짝 꽃 피워줘서 좋다.

나는 안다

아파봤기에
아픔이 얼마나 삶을 피폐하게 만드는지
나는 안다

눈물을 흘려봤기에
눈물이 얼마나 가슴에 큰 강을 파는지
나는 안다

사랑해봤기에
사랑이 얼마나 외로운 지옥의 꽃을 피우는지
나는 안다

이별해봤기에
이별이 얼마나 미칠 것 같은 그리움을 불러오는지
나는 안다

살아봤기에
삶이 얼마나 소중한지를
나는 안다

유난히 빛나는 내 인생,
그래서 삶은 눈부시다.

공원 벤치에 앉아

공원을 산책하다가
숲속에 놓인 벤치에 앉아서 눈을 감았다

스치는 바람이 좋았고
생각의 틈을 타고 스며드는
하늘빛이 있어서 좋았다

마음에 공간이 생겨서 좋았고
영혼이 하늘에 가닿을 수 있어서 좋았다

시간이 정지된 듯 고요해서 좋았고
고요가 안겨주는 풍요가 좋았다

말을 하지 않아도 혼자가 아니어서 좋았고
혼자서도 마음을 가득 채울 수 있어서 좋았다

좋은 날, 좋은 시간을 내가 만들 수 있어서 좋았고
내 안에 내가 앉아 나를 바라볼 수 있어서 좋았다

감동과 감격으로 활짝 핀 내 인생,
"언제 또 여기에 올 수 있을까?"
걸어가는 너의 뒷모습이 그림처럼 예뻤다.

괜찮아, 꿈이 있으니까

우리가 살면서
힘들지 않은 적이 있었던가

괜찮아,
우리에겐 꿈이 있으니까
너무 걱정하지 마라

걱정의 힘으로 살아가고
고민 끝에 좋은 결과가 찾아오지만
깊은 수심에 잠기지 마라

너무 오래, 너무 자주
너무 깊이 불안에 빠지다 보면
오히려 삶이 버거워질 수 있다

우리가 "힘들다 힘들다" 하면서도
웃으면서 살아가야 하는 것은
가슴 속에 뜨거운 꿈이 있기 때문이다.

힘든 날엔

힘든 날엔

눈물을 꼭꼭 씹어 먹어봐

꿈틀꿈틀 산 채로 삼켜봐

더 이상 힘들다는 말이 나오지 않게

눈알이 튀어나오도록 꿀꺽꿀꺽 넘겨봐

까짓것 죽으면 한 번 죽지 두 번 죽지 않는 것

들들 볶아 먹고, 푹푹 쪄서 먹고

심장이 녹아내리도록 맛있게 먹어봐

징징거리지 말고

꿈아 나 살려라 도망치지도 마라

세상에서 가장 힘든 건

나와의 싸움!

불꽃에 새까맣게 탄 가슴을

뜨겁게 씹어 먹어봐

나와의 싸움에서 나는 꼭 이겨야 해

마지막 순간엔

무거운 어깨를 찢어 구워먹어봐

나를 가장 맛있게 요리할 수 있는 사람은
바로 나!
나를 요리 잘 하면
나는 나를 이길 수 있어

하늘로 간 물고기

그날 밤, 깊은 시각
구인사 법당앞 다리 위에서
나는 세수하듯 기도에 젖어 있었다
하늘에서 황금빛 가루가 천천히 뿌려졌고
나는 두 손을 박바가지처럼 오목하게 모았다
내 손 안에 꼬물꼬물 들어온 은빛 물고기 한 마리,
너무나 눈이 부시는 바람에
내가 활짝 핀 얼굴로 눈길을 잠깐 떼는 순간,
물고기는 다리 밑 물속으로 흘러가지 않고
푸드득 한 마리 나비가 되어
하늘로 훨훨 노랗게 올라 가버렸다
내 마음은 다리 밑 물처럼 출렁거렸고
달빛은 물 위로 고요히 흘러내리고 있었다

깨어나 보니
어머니께서 딴 세상으로 달아나셨다

괜찮아, 잘 살아왔고,
잘 살아가고 있어

차라리 열심히 살지 않았더라면

산다는 것은
갈대밭에 쏟아지는 붉은 놀처럼
참 쓸쓸하고 아름다운 일이더라
잘살아보겠다고 열심히 살았던 것이
오히려 삶을 허무하게 만들 때
"차라리 열심히 살지 않았더라면"하고
후회될 때도 있더라.
"차라리 꿈이 없었더라면 좌절도 없었겠지"
그런 생각이 몰아칠 때도 있더라
그러나 미친 듯 뜨겁게 산 덕분에
보람과 쾌감을 느끼면서 맛있는 삶을 살았다
살아 있다는 존재의 가치를 느끼면서
미련 없이, 후회 없이, 아낌없는 삶을 살았다
내 가슴에 붉은 놀이 쏟아지는 지금
뺨을 적시는 한줄기 눈물,
내게 다시 새로운 인생이 주어진다고 해도
내가 과거에 미친 듯

열심히 살았던 것처럼 살지 않을 거라고
나는 호언장담할 수 없다
삶에 대한 애착이 뼛속 깊이 스며있는 나는
나 자신을 너무나 잘 알고 있기 때문이다

오늘도 내 마음의 강둑에
바람이 분다.

즐거운 위로

내가 내 이름을 부르면서
울지 말라고 달랬던 적이 있다

가슴을 쓰다듬으면서
너무 애쓰지 말라고 위로했던 적이 있다

잘살고 있는데 왜 이러냐고
마음을 어루만지면서 꾸짖었던 적이 있다

마음이 힘든 건
내가 나에게 너무 많은 것을 요구하기 때문이라고
나를 눈물로 호통쳤던 적이 있다

눈물이 눈물을 위로하는 소리에
더 큰 눈물을 쏟으면서 나를 사랑했던 적이 있다.

유일한 사람

너는 하루의 시작과 마지막을
나와 함께 하는 유일한 사람이다

함께 할 수 있어서 황홀하고
함께 나눌 수 있어서 가슴 벅찬 사람이다

너와 함께하는 사계절이 꽃밭이고
너와 함께하는 내 인생이 별밭이다

보고 있어도 전율이 오고
곁에 있어도 그리워 가슴 욱신거리는 사람

너는 꿈의 마차를 타고
나와 함께 떠나는 유일한 사람이다.

너에게 하고 싶은 말

사람을 멀리하지도 말고
너무 가까이하지도 마라

멀리하면 외로움이 불어나고
가까이하면 상처가 범람한다

많은 것을 주려고 하지도 말고
많은 것을 받으려고 애쓰지도 마라

주다가 안주면 사이가 흔들리고
받다가 안 받으면 관계는 부서진다

많은 말을 하지 말고
주지도 않는 마음을 가지려고 하지도 마라

말이 잦다 보면 허물이 튀어나오고
가지려다 보면 내 마음만 애태울 뿐이다

무엇보다 중요한 것은
적당한 거리에서 별을 보듯 바라보는 거다

인생은 어차피
혼자 가는 먼 길이다.

너를 위하여

너를 보내는 것은
가슴 아픈 일이지만
또 다른 너를 만난 것은
가슴 설레는 일이다

내가 너를 잊는 것은
세상이 무너지는 일이지만
또 다른 너와 사랑을 쓴다는 것은
하나의 우주를 건설하는 일이다

내가 너를 그리워한다는 것은
영혼이 시리도록 파르르 떨리는 일이지만
또 다른 너를 만나기 위해서는
내 마음에 머물렀던 너를 말갛게 지우는 일이다

너를 위하여
또 다른 너를 위하여
지금은 상처를 씻고 일어나야 할 때,
너무 힘겨워하지 마라

이별에도
사랑은 있다.

나에게 미안하다

오늘도 나는
휘청거리는 하루를 살았습니다

가슴을 태울 듯
검붉은 땀을 쏟으면서 뜨겁게 뛰었습니다

하루도 빈틈없이
설계된 길을 따라 부지런히 걸었습니다

지금 내 마음은
빗방울에 젖은 풀잎처럼 흔들립니다

두 손에 얼굴을 묻고
혼자서 슬픔을 안아주고 있습니다

뼈를 깎듯 뛰어도 돌아오는 건
적막한 밤의 고요 같은 것

아직도 꿈이 꿈틀거리고 있는지
나는 나에게 반문해 봅니다

열정이 만들어낸 부작용을 가슴에 안고
흔들리는 밤을 혼자서 보내고 있습니다

나에게 미안해서
흐르는 눈물을 닦지도 못하고 있습니다.

아름다운 악담

그래요

얼마나 잘되는지

꼭 지켜 봐 드리지요

절대 후회하지 않길 바랍니다

진심을 전했던 사람을 음해로 몰아내고

얼마나 번창하는지

똑똑히 지켜봐 드리는 게

쫓아내는 사람에 대한 예의겠지요

꽃이 지고 난 뒤에야

봄이었다는 사실을 알게 될 겁니다.

눈물에 밥을 말았더니

밥이 넘어가지 않아
눈물에 밥을 말았더니

밥그릇 가득히
밥알이 구름처럼 떠있다

내가 밥을 먹는 게 아니라
눈물이 나를 마셔버릴 태세다

"괜찮다 괜찮다"하면서
구름 한 숟가락 떠먹는데

목젖에 걸리는 것은
가시바늘 같은 눈물이었다

삶을 하수구에 쏟아버릴까 하다가
하늘이 무서워서 그냥 참았다.

너를 위한 기도

오늘도 나는
두 손 모으고 앉아서 기도한다

존재,
그 자체만으로도 큰 힘이 되는 너

세상에 와서
가장 큰 기쁨은 너를 만난 것이다

너는 내 인생의 최고이면서
내 사랑의 중심이다

내가 너를 위해 오직 할 수 있는 건
기도뿐이다

너를 위하여

나는 오늘도 촛불 앞에서

두 손 모아 간절히 기도하고 있다.

달빛 창가에 앉아

지친 하루가 흘러가고
나는 달빛에 젖어 있다

어두운 마음을 밝혀줘서 좋고
흔들리는 마음을 안아줘서 따뜻하다

눈을 감고
말없이 앉아 있어도 좋고
콧노래를 부르며
힘든 하루를 달빛에게 꺼내놓아도 좋다

나를 마음의 눈으로 바라볼 수 있어서 좋고
달빛이 아픈 영혼을 따뜻하게 씻어줘서 좋다

눈시울이 뜨거웠던 하루가 바람처럼 흘러가고
나는 지금 고요한 찻잔 앞에 앉아 있다

달빛 때문에
눈물이 포근해졌다

인생이 왜 이래?

인생이 나한테 왜 이래?
왜 이렇게 힘들게 굴어?

난 매달리면서 산 거 밖에 없는데
난 악착같이 어금니 깨물고 산 거 밖에 없는데

인생이 나한테 어떻게 이래?
나한테 인생이 뭘 해줬다고 그래?

얼마나 내가 인생을 아끼고 사랑했는데
내가 얼마나 인생을 애지중지했는데

인생이 나의 발등을 찍으려고 해?
인생이 나의 멱살을 잡으려고 해?

오직 인생밖에 모르고 산 나에게
인생이 나의 전부라고 믿고 있는 나에게

인생이 나한테 고작 한다는 말이?
나한테 인생이 고작 하는 행동이?

아무것도 해준 것도 없는 삶을 인생이라고
끝까지 잘살아보겠다고 목 놓아 울부짖었으니

내가 미쳐도 한참 미친놈이지
지칠 때까지 나를 물고 늘어지는 인생을 사랑했으니

꽃을 피우라고, 꿈을 포기하지 말라고
인생은 끝까지 나를 괴롭히네.

별이 내리는 밤

별이 내리는 밤
내 마음은 몹시 슬펐다.

별빛보다 내 마음이 더 빛나서 슬펐고
별빛보다 내 마음이 더 어두워서 슬펐다

내 마음에 너가 와 있어서 슬펐고
너 마음에 내가 갈 수 없어서 슬펐다

별이 내리는 밤
내 마음은 몹시 아팠다

어둠보다 내 마음이 더 어두워서 아팠고
어둠보다 내 마음이 더 적막해서 아팠다

내 마음에 너가 와 있어도 나는 혼자여서 아팠고
너 마음에 내가 가면 혼자인 게 확실해져서 더 아팠다

내가 사랑스러운 건

내 마음이 어두울수록 사랑이 반짝인다는 것

오늘 밤에도 나는

수많은 사랑의 아픔에 잠겨 반짝일 것이다.

너를 만나러 가는 길

너와 약속하고
밤새도록 파도처럼 잠을 뒤척였다
벌써 너는 쿵쾅거리는 내 가슴에 와 있고
나는 내 작은 깃털 하나까지도 너에게 가 있다
콧노래를 부르며 샤워하고
새하얀 몸을 닦으며
세상에서 가장 예쁜 거울 속 꽃잎을 보고 나는 웃었다
달콤하게, 황홀하게, 뜀박질하는 심장에
꿈처럼 너는 와 있다
사랑을 만나러 가기 위해
준비해 본 사람은 안다
약속을 잡는 순간부터 시작되는 전율은
영혼의 가장자리까지 파도쳐 온다는 것을,
길가에 핀 꽃잎이 너였고
가로수 위에서 짹짹 노래하는 새가 나였다

내 앞에 너가 없어도 너는 보이고
눈을 감으면 선명하게 너는 내 마음을 수놓는다
약속의 순간부터 너는 내게 와있고
만나지 않아도 너와 함께 한다는 건 기적이다.

소중한 나

예쁜 것만
사랑이 아니다

슬픔도 사랑이고
아픔도 사랑이다

좋은 것만
인생이 아니다

상처도 인생이고
눈물도 인생이다

세상에 둘도 없는 나,
나는 나를 사랑한다.

산에서

산에서 길 잃은 사람이 있다

길을 잃고 사랑이 된 사람이 있다

혼자서 산을 올랐다가 외로움에 지친 사람이 있다

외로움에 지쳐

혼자 산에 온 사람과 하나 된 사람이 있다

누군가를 만나고 싶다면

혼자서 높고 깊은 산을 올라가 보라

혼자 산에 오는 사람은

혼자 산에 온 사람에게 눈길이 간다

외로움이 말을 걸어오고

꽃처럼 웃다가 산길에서 사랑을 나눈 사람이 있다

그러다가 배꼽에 별이 뜰 때

다정하게 손을 잡고 하산한 사람이 있다

힘든 사람끼리 앞에서 끌어주고

뒤에서 밀어주다가

자연스럽게 사랑을 발견한 사람이 있다.

그냥 내가 좋아

나는 내가 좋아
정말 좋아

사랑에 빠진 내가 좋고
언제나 웃고 있는 내가 좋아

나는 내가 좋아
정말 내가 좋아

생각이 별처럼 빛나서 좋고
눈빛이 꽃잎처럼 달콤해서 좋아

나는 내가 좋아
그냥 내가 좋아

꿈을 먹고 살아서 좋고
항상 마음에 봄을 가꾸고 있어서 참 좋아

나는 내가 좋아
이유 없이 그냥 좋아.

나에게

에이,
그냥 참자!
뭘 그런 걸 가지고
눈물 글썽이고 그래!
모진 세상을 살면서
이 정도 상처쯤은
오히려 삶의 근육이 되는 거야
괜찮아,
잘 살아왔잖아,
그리고 또 잘 살아가고 있는데
왜 그래!
삶에 대한 애착이 크니까
작은 충격에도
마음을 크게 다치는 거야
잘못 살았거나
잘못 살고 있는 건 절대 아니야
한숨짓지 말고

걱정하지도 마!
나는 결국 잘 될 수밖에 없어
이렇게도 간절한데
하늘도 스스로 돕는 자를 돕지 않겠어
마음이 무거운 건
의욕과 열정이 크기 때문이야

나는 내 마음의 손을 붙잡고
나와 함께 이렇게 울었다.

잠들기 전에

잠들기 전에
"오늘도 정말 수고했다"고
힘든 나를 위로해 주면 좋겠습니다

"아픈 곳은 없느냐."고
지친 하루의 안부를 물어 주면서
마음의 손을 잡아 주면 좋겠습니다

남에겐 "좋은 꿈을 꾸라"고 응원하면서도
정작 나에겐 따뜻한 말 한마디 건네지 못하고
그냥 무심하게 지나치지 않았는지요

"조금 느려도 괜찮다"고 응원해주고
"정말 잘하고 있다"고 칭찬도 해주면서
내 마음에 좋은 생각을 심어주면 좋겠습니다

잠들기 전에

나는 나에게 "사랑한다" 말해주세요

잠들고 나면

오늘의 나는 영원히 만나지 못합니다.

만화도에서

조그마한 삶이지만
나는 외롭지 않다

삶을 크기로 산 게 아니라
마음의 깊이로 살았으므로

꽃이 늦게 피었지만
나는 슬프지 않다

삶은 얼마나 빨리 피느냐가 아니라
얼마나 아름답게 피느냐이므로

나지막한 능선을 오를 때마다
높은 것만이 능사가 아니라는 걸 알았다

제4부

일출과 일몰이 함께하는
생의 가장 아름다운 순간,

한시도 바람 잘 날 없는 만화도 언덕에 앉아
나는 나의 눈물을 어루만졌다.

이별하는 날

너를 볼 때마다
내 눈빛은 자꾸만 미끄러졌지

좀 더 깊이 들어가기엔
마음의 양분이 부족했던 걸까

함께 라는 낱말이
몸에 맞지 않은 옷처럼 다가오고
우리라는 표현이
포장지처럼 찢어져 버려지던 날

나는 방향을 돌려야 했고
냉정하게 마음을 비틀어야 했다

그리움이 자라날 때마다
마음의 물길도 거세지겠지

오늘을 따라 가다
모퉁이 어디에선가 이별을 만나면

나는 어쩌지?
나는 어떻게 하면 되지?

산행

올라가 보면 안다

한계가 왔다는 것은
정상이 가까이 와 있다는 것을,

내려와 보면 안다

올라갈 때보다
내려올 때 더 조심해야 한다는 것을,

지나 보면 안다

인생은 힘들 때보다 잘 나갈 때
더욱 조심해야 한다는 것을,

혼자 있고 싶을 때

혼자 있고 싶다는 생각이 드는 것은
내 마음이 우울해졌다는 거다.

그럴 때는 나를 혼자 내버려 두지 말고
따뜻한 음악을 들으면서
내 마음을 위로해라

그래도 눈물이 난다면
내가 얼마나 힘들고 외로운지 말해라

힘들면 힘들다고, 아프면 아프다고,
하늘을 쳐다보고 큰 소리로 말하라.

제 5부

괜찮아
그럴 수 있어

이별도 사랑이야

괜찮아
그럴 수 있어

힘이 드는 건
꿈이 있기 때문이고
눈물이 나는 건
사랑이 있기 때문이야

가슴이 아파도 괜찮고
사람이 미워도 괜찮아

가슴이 아프다는 건
사랑을 간직했기 때문이고
사람이 미워지는 건
아직도 사랑이 남아있기 때문이야

다시는 사랑을 못 할 것처럼
가슴을 후벼 파는 이별의 뒤안길,

괜찮아
아픔도 사랑이고
가슴 저린 눈물도 사랑이야.

빛나는 발견

서러워하지 마라
세상은 어차피 혼자서 가는 거다
삶의 비탈길에 넘어져 울어도
손잡고 일으켜 세워줄 사람은 아무도 없다
세상에는 내 아픈 눈물을 받아줄 가슴도 없고
내 슬픔을 닦아줄 포근한 손길도 없다
오로지 나 혼자서 감수해야 할 나의 몫일 뿐이다
나를 위하여
누군가가 어깨를 내어줄 거라고 기대하지 마라
길 위에 넘어진 나를 위하여
손을 내밀어 일으켜 세워줄 거라고 희망도 걸지 마라
내가 힘들면 곁에 있던 절친도 떠나가는 세상이다
옆에 있다가 불똥 튈까 봐
뒷모습도 보이지 않고 쏜살같이 달아나는 세상이다
꽃이 활활 필 땐 구름떼처럼 모여들던 사람들도
꽃이 지는 계절이 오면
아무리 예뻤던 꽃밭에도 한순간에 발길을 뚝 끊어 버린다

그게 사람이고

그게 사람 사는 세상이다

내가 잘 나갈 땐 인맥도 무성하게 피어나지만

넘어지면 곁에 남아 부축해줄 사람은 아무도 없다

힘든 모습을 남에게 보이지 마라

말로는 위로할지 모르지만

언젠가 흉이 되어 다시 나에게로 돌아올 뿐이다

혼자서 눈물 한 바가지 쏟을지라도

그 누구도 원망하지도 말고

그 누구에게도 희망을 걸지 마라

미래는 내가 개척하는 것이고

희망은 내가 나에게 기는 것이다

나에게 실린 가혹한 삶의 무게는

나를 더 뜨겁게 사랑하라는 의미인 것을,

혼자 울면서 발견하게 되리라.

그냥 살자

아등바등하지 말고
그냥 살자

없으면 없는 대로
너무 애쓰지 말고 그냥 살자

잘살아보려고 발악하지 말고
있는 모습 그대로 살자

전력을 다해 매달렸다가 잘못되면
그 상처의 버거움을 어떻게 감당하나!

마음이 극락이니
그냥 살자.

꿈

어둠 속에 앉아
울어보지 않은 사람은
달빛의 따스함을 알지 못한다
꿈을 안고 빙산을 오르다가
미끄러지고 넘어지는 한파의 깊은 밤,
달빛은 삶의 깃발이었고, 지팡이였다
뜨거운 가슴 하나로 오르기에는
너무나 암울했고 막막했던 청춘의 밤길,
꿈은 삶의 등대였고, 고향이었다
오직 나 자신만을 바라보고 걸어야만 했던 그날 밤.
길 잃은 나를 인도했던 달빛이여,
내 가슴의 빛나는 꿈을 끌어주었던 별빛이여,
붉은 피 끓어오르는 나의 꿈이여,
그날 밤, 꿈이 없었다면
나는 죽은 목숨이었다.

그런 거지

그래그래 산다는 건 다 그런 거지
끝날 것 같지 않던 한파가 물러가고
새봄이 찾아와 꽃을 피우듯
"버겁다 힘들다"고 하면서 눈물 흘려도
웃음꽃 피우면서 사는 거지
"이렇게 살려고 태어난 게 아닌데"하면서
멍든 가슴을 쥐어박아도
뙤약볕 아래에서 피는 오뉴월의 장미처럼
정열과 열정으로 사는 거지
"괜찮다 괜찮다"고 하면서 애써 웃음지어도
괜찮지 않은 게 인생이지
오늘도 토닥토닥 울적한 마음을 달래면서
꿈을 향해 미친 듯 달려가는 거지
"외롭다 괴롭다"고 하면서 몸서리쳐도
밤하늘에 별이 뜨듯
상처 난 가슴에 사랑을 반짝이면서 사는 거지.

이별이 끝이 아니다

이별한다고
막 보듯 하지 마라

살아 보면 안다
이별이 끝이 아니라는 사실을,

언제, 어디서, 어떤 모습으로
우리가 다시 마주할지 아무도 모르는 일

이별을 어떻게 하느냐에 따라
인생의 풍경도 달라진다.

세월이 가면 안다
만남보다 더 소중한 것은
이별이라는 사실을,

서로의 뒷모습에
꽃씨를 뿌려주면 얼마나 좋을까.

사랑한다, 내 인생

나는 인생에게
살려달라고 간절하게 매달렸다
내가 인생에게 해준 게 없어서 면목 없었지만
내 모가지를 잡고 비튼 건 인생이었다

눈물에 밥을 말아 먹으면서
상처에 소주를 마구 들이붓고
살기 위해 온갖 미친 짓을 다 했었다.

인생은 참으로 냉정했다
나에게 쓴 커피도 한 잔 사주지 않았고
아픈 가슴도 한 번 어루만져주지 않았다

공짜를 기대한 건 아니지만
힘들 땐 나를 의탁하고 싶다는 생각이
밀물처럼 밀려왔던 건 사실이다

인생이 너무 미워서 울었고

인생이 너무 싫어서 도망쳤고

인생이 너무 아파서 사랑할 수밖에 없었다.

마음의 꽃밭

꽃은 늘 봐도
위로가 된다

우울할 때 보면
마음의 감기가 어느새 지나가고
기쁠 때 보면
기쁨은 더욱 황홀하게 피어난다

그래서 우리는
좋은 일이 있거나 아픈 일이 생겼을 때
꽃을 선물한다

꽃은 언제 봐도
응원이 된다

힘든 일이 있을 때 보면
용기를 불러일으키고

좋은 일이 생겼을 때 보면
더 좋은 일이 찾아올 것만 같다

그래서 우리는 집집마다
화분 하나쯤 가꾸면서 살아간다

꽃은 언제 봐도 힘이 된다
이별할 때 보면
새로운 사랑을 꿈꾸게 하고
사랑에 빠졌을 때 보면
초콜릿처럼 달콤해진다

사람은 누구나가
마음의 꽃밭을 가꾸면서 살아간다.

무명사 가는 길

가는 길이
아무리 힘들다고 해도
가야 할 길이 있다면
그는 행복한 사람이다

마음의 짐을 내려놓고
거룩하신님께 귀의할 수 있는 길이 있다면
그는 정말 행복한 사람이다

전생, 금생 지은 업을
오롯이 소멸할 수 있는 길이 있다면
그는 행복한 사람이다

일심으로 기도 정진하여
감로수에 영혼이 젖을 수 있는 길이 있다면
그는 참으로 행복한 사람이다

오늘은 행복하기로 작정하고
무명사에 가는 날이다.

사랑한다는 말

보고 싶다는 말보다
가슴 찡한 말은 없다

그립다는 말보다
따스한 눈물은 없다

사랑한다는 말보다
가슴 떨리는 말은 없다

사랑은 언제나 가슴 벅찬 것 같지만
돌아서면 강물인 것을,

사랑한다는 말을 함부로 하지 마라
그리움이 눈보라처럼 몰아칠 때 하라.

가까이 있는 사람

같이 살다 보면
다투기 일쑤다

처음 사랑에 빠질 땐
심장이 멎을 듯 뛰었는데

살아 보면 안다
그것도 한 때라는 것을,

시간의 소용돌이 속에
빛이 바래가는 것들은 무섭다

멀리 있는 사람은 그립고
가까이 있는 사람은 상처만 준다

사랑하는 사람에게 받은 상처는
바람이 불 때마다 반짝인다.

마음이 결정하는 것

좋은 날,
좋은 시간에
좋은 사람을 만나
좋은 사랑을 하라

선택은 내 마음이 하고
책임도 내가 온전히 지는 것이다

모든 날,
모든 순간,
소중한 인연을 만나
사랑스러운 풍경으로 채워라

모든 것들은 내 생각이 만들어내고
내 마음이 지어내는 것이다

푸른 날,
푸르른 시절에
기분 좋은 사람을 만나
사랑의 꽃밭을 가꿔라

행복은
내 마음이 결정하는 것이고
나로부터 시작하여 너로 번져가는 것이다.

달밤

늦은 밤,
혼자서 비탈진 산길을 간다

비스듬히 흘러내리는 달빛,
참 따뜻하다

그런데 왜
눈물이 나는 걸까

고요한 내 인생,
밝아서 참 좋다.

창문

마음이 답답할 땐
마음에 창문 하나 달아보라

낮이면 햇살이 마음 깊숙이 들어와 놀아주고
밤이면 별이 생각을 반짝이게 해주는 창문,

비 오는 날이면
비 맞은 커피잔이 있고
눈 오는 날이면
길 없는 길을 마음껏 갈 수 있는 창문

마음이 우울할 땐
마음의 창문을 열어 창밖을 보라

봄이면 정원의 꽃잎 위에 나비가 흘러 다니고
가을이면 그대 그리움이 물결치는 창문

여름이면 우거진 녹음 속으로 땀방울이 뛰어가고
겨울이면 달빛이 얼어붙은 마음을 데워주는 창문

인생을 그렸다가 지우고
지웠다가 그릴 수 있는 창문 하나 달아보라.

마음의 한 그루 나무

마음속에
나무 한 그루 심어보라

바람이 불면
땅속 깊이 뿌리를 내려 더 큰 성장을 위해
발판을 삼는 나무

힘이 들 때면
나무 그늘에 누워 노래도 하고
나무 위로 올라가 창공을 가슴에 담아보라

푸른 영혼이 새털처럼 가벼워져
마음이라는 공간에
하늘이 끝없이 펼쳐질 수 있도록

비가 오면
비에 젖어 빗줄기를 타고 하늘을 오르면서
더 큰 꿈을 키우는 나무

가끔 나무의 푸른 생각을 파먹고
나무 안으로 들어가 나무가 되어 보라

나에게 위로가 되고, 큰 힘이 되어
내 마음의 커다란 길잡이가 되는
그런 나무 한 그루 키워보라.

카타르시스

마음이 아플 때는
차라리 울어 버려라

힘든 마음을 닫아두지만 말고
그냥 수문을 개방하듯 열어 버려라

나뭇잎도 빗방울이 고이면
바람결에 그 무게를 털어내지 않던가

나뭇가지도 바람이
그냥 지나가게 놓아두지 않던가

슬픔을 마음속에만 가두면
억장이 무너진다.

우울한 마음을 꾹꾹 누르고만 있으면
막아둔 둑이 터지듯 마음이 무너질 수 있다

빗방울이 토란잎을 지나가듯
눈물도 그냥 흘러가게 놓아두라.

너에게

곁에 있어도
더 오래 있고 싶은 게
사랑이다

보고 있어도
보고 싶어서 눈물 나는 게
사랑이다

전화하고 또 해도
자꾸 목소리 듣고 싶은 게
진짜 사랑이다

너의 품에 안겨 있으면 있을수록
더 깊이 파고드는 게
진짜 사랑이다

지금 내가 그렇다.

그래도 우리는

조그마한 가시에 찔려도
아리고 욱신거리는데

사람에게 상처받으면
얼마나 마음이 아플까

그래도 우리는
미친 척하고 살아가고 있다

우리는 사람을 떠나
인생을 완성할 수 없기 때문이다.

스타

한 번의 고비도 없이
절대로 고지에 오를 수 없다

어둠 속을 걷고 또 뛰어야만
최고의 자리에 우뚝 설 수 있다

혼자서는 절대로 당도할 수 없다

수많은 박수와 응원,
아우성이 물결칠 때 가능한 것이다

혼자서는 절대 빛날 수 없다

수많은 눈빛이 모여 우러러봐 줘야만
비로소 반짝반짝 빛나는 별이 되는 것이다.

깃발

찢어지도록 나부꼈다

언젠가 메아리칠 거라 믿고

혼이 빠져나간 듯 하늘만 바라보고 펄럭거렸다

딛고 일어선 자리를 내려다볼 겨를도 없이

꿈을 깃대에 매달아 놓고 뜨겁게 아우성쳤다

가을하늘인지, 겨울강인지도 모른 채

풍경을 지우고 또 찢으면서 소리쳤다

봄처럼 뛰는 가슴으로 살면

내 인생은 봄날의 꽃밭처럼 물결칠 줄 알았다

작열하는 태양처럼 뜨겁게 나부끼면

내 인생은 장미처럼 하늘을 활활 타오를 줄 알았다

꿈이 하늘에 가닿기를 간절히 염원했지만

바람에 무참히 해진 공중의 깃발

깃발 날리며 살려고하지 않았더라면

가슴 찢어지는 사연도 나타나지 않았을 테지

눈을 감고 마음을 고요하게 바라보는데

한줄기 눈물이 소리 없이 가슴에 파문을 일으킨다

"괜찮다 괜찮다"며
"잘 살아왔고, 잘 살아가고 있다"고 달래 봐도
비바람에 무방비로 노출된 깃발은
마음에 난 강물을 따라 끝없이 펄럭일 뿐이다

무쇠

힘껏 두드려라
있는 힘을 다하여 내려쳐라

두드리면 두드릴수록
나는 더욱 강해진다는 것을,

없는 힘까지 동원하여
아주 무참하게 때려라

때리면 때릴수록
존재는 더 커진다는 것을,

타오르는 불꽃에 달궈
죽일 듯 힘껏 내려쳐라

내리치면 내리칠수록
나는 더욱 단단하게 변신한다는 것을

날카롭게 날을 세워준 너를
언젠가 겨냥할 날 있으리라

나는 나를 응원한다

나는 나를 응원한다.
폭풍이 휘몰아치는 허허벌판을
죽을 각오로 달리고 있는 나를 응원한다.

나는 봄처럼 부지런히 살아가고
여름처럼 검푸른 땀을 흘리면서 살아갈 것이다

나는 나를 응원한다.
사막에 작열하는 태양보다
더 뜨거운 열정과 피나는 노력으로 뛰어가는 나를 응원한다.

나는 태양을 향해 달려야 할 길이 있고
달빛을 향해 사다리를 타고 올라가는 눈부신 꿈이 있다.

"할 수 있다"는 굳센 의지와
"해내고야 말겠다"는 빛나는 신념으로
나는 나를 응원한다.

제 6부

괜찮아 이제
봄이 올 날만 남았어

나를 미치게 하는 봄

너는 나의 봄이다

가을에도 봄,
겨울에도 봄,
너는 나를 뒤흔드는 봄이다.

달콤하게
새콤하게
달빛처럼 포근하게 감싸주는 봄,

봄에도 봄,
여름에도 봄
너는 나를 자꾸 접촉하는 봄이다

황홀하게,
가슴 벅차게
나를 불태우는 봄,

봄이 왔다
나를 미치게 하는 봄,
꽃송이처럼 큰일이 벌어졌다.

봄날, 벚꽃나무 아래에서

봄날,
벚꽃 나무 아래를 뛰고 있다

검푸른 땀방울이
헉헉거리는 심장을 가동시키고 있다

꽃이 피는 줄도 모르고
운동에 미쳐 있다

운동한다고 아가씨가 되는 건 아니라고
지나가는 바람이 소리를 꽥 지른다

내가 진짜
미치고, 팔짝 뛸 일이다.

가슴에 섬 하나를 지니고

보고 싶은 사람이 있다는 건
가슴 설레는 일이다

어쩌면 보고 싶은 사람을 보기 위해
우리는 외로운 삶의 비탈길을 오르는지도 모른다

만나고 싶은 사람이 있다는 건
가슴 뛰는 일이다

어쩌면 만나고 싶은 사람을 만나기 위해
오늘도 우리는 쓸쓸히 삶의 길을 나서는지도 모른다

그리운 사람이 있다는 건
아직도 사랑이 남아있다는 거다

그리운 사람을 그리워하기 위해
우리는 가슴에 섬 하나를 지니고 사는지도 모른다.

도전

세상에 쉬운 일은
하나도 없다

그러나 할 수 없는 일도
하나도 없다.

길이 보이지 않는다고 해도
내가 가면 길이 된다

어렵다는 생각은 버리고
할 수 있다는 용기로
미래를 채우면 된다

어려운 일을 해낼 때
박수가 별빛처럼 쏟아지는 것이다.

외로운 마을

지금, 내가 사는 마을은
폭우에 사라지기 직전이다

깊고 깊은 오두막집에
적막을 깨는 집중 호우,

빗방울과 사투를 벌이고 있는
마을의 희미한 불빛

이 비가 그치면
산골짜기 단풍도 마을로 내려오겠지.

찬란한 위로

　혼자 있어요. 당신이 머물다 간 자리에 나 혼자 앉아 울고 있어요. 당신이 그리워서 울고, 당신을 놓아주지 못해서 울고 있어요. 당신과 죽어도 잊지 못할 아름다운 사랑을 했지만, 끝까지 가져가지 못해서 울고, 아직도 나는 이별하지 않았기에 혼자 울고 있어요. 꽃이 필 때도 울고, 별이 뜰 때도 울고, 낙엽이 질 때도 울고, 흰 눈이 가슴에 쌓일 때도 혼자 울고 있어요. 새봄의 꽃밭처럼 당신의 삶에 고운 햇살이 내렸으면 좋겠다고 기도하며 울고 있어요. 당신은 내 삶의 눈물이면서 찬란한 위로입니다

마음이 무거울 때

숲으로 가서 눈을 감고
새의 노래를 들어 보렴

마음을 가지런히 모으고
귀를 열어 보렴

스치는 바람결에 실려 오는
새의 지저귐

새의 노래가 가슴을 파고들어 와
마음의 아름다운 성분이 되어줄 거야

새는 상처 난 가슴으로 노래하기에
마음의 큰 울림이 되지

새는 아픔을 노래로 승화시키기에
삶의 가장 큰 위로가 되지

마음이 무거울 땐
새의 눈앞에 앉아서 울어보렴

무게를 비우기 위해선
새처럼 울어야 하는 거래.

꿈에게

밤하늘의 별이 너무 영롱하지 않니?
밖으로 나와 봐

어둠이 무섭다고 방안에만 있으면
저렇게 찬란한 나의 별을 볼 수가 없어

그래, 두렵기도 하겠지
한밤중 같은 인생을 걷는데
어떻게 불안하지 않겠어

실패가 무서워 도전조차 하지 못한다면
꿈은 꿈으로만 영원히 머물러 있을 거야

비에 젖으면서 피는 꽃이 너무 화사하지 않니?
창문을 열고 꽃밭으로 와 봐

비 맞을까 봐 방문을 닫고 있다면
어떻게 꿈꾸는 풍경을 가슴에 담을 수 있겠니

기회는 자주 오는 게 아니야
시련은 기회를 주기 위해 존재하는 거지

풍랑 속에서 항해를 멈추지 않는 선박처럼
시련 속에서도 꿈은 끝없이 진행되는 거지.

고난에게

꽃이 피는 게
햇살 때문이라고 생각하니

맞아, 정말 맞지만
비가 꽃씨를 깨워주었기 때문이지

비가 꽃씨에게 내려오지 않았다면
꽃씨는 발아하지 못하고 말라 죽었을 거야

나무가 성장하는 게
흙에 뿌리를 내리고 있기 때문이라고 믿니

그래, 그래, 정말 맞는 말이지만
바람이 불어와 흔들어 주었기 때문이지

바람이 나무속으로 들어가 나무가 되지 않았다면
나무는 하늘을 오르겠다는 생각조차 못했을 거야.

힘들다고 생각한 것들이
더 큰 성공을 거두고 있다는 걸 살아 보면 알아

지금은 터널을 지나는 중이라 모르겠지만
시간이 말해줄 거야

눈물이 나를 뜨겁게 사랑하게 만들었다는 것을,
시련이 나를 성공의 선반 위에 올려놓았다는 것을,

몸살

너 때문에
혼자 끙끙 앓으면서
흰 밤을 보낸다

나 때문에
너도 그랬으면 좋겠다

타오르는 그리움에
긴 밤을 파도처럼 뒤척이면서
열병을 앓았으면 좋겠다.

혼자가 좋다

요즘,
난 혼자가 좋다
그 누구의 간섭도 받지 않고
마음의 날개를 펼칠 수 있다는 게 좋다

혼자서 밥을 먹고
혼자서 술을 마시고
혼자서 춤을 추고
혼자서 노래를 부른다.

외로움도 좋고
외로움의 어깨 너머에서
불어오는 바람도 좋고
외로움과 동침하는 것도 좋다

혼자서 영화를 보고
혼자서 바닷길을 거닐고
혼자서 찻집에서 커피를 마시고
혼자서 빗방울을 바라보는 게 좋다

혼자에 익숙해지면
혼자서 연애할 수 있을 것 같고
혼자서 영글어가는 나와의 사랑은
아픈 이별을 경험하지 않아서 너무 좋다.

봄밤

혼자서
수천 번의 꽃을 피우고
수만 번 떨어지는 꽃잎을 경험하면서
봄을 허송하지요

고백하지 못하는 마음이야
오죽 아팠을까?

당신 때문에
봄밤 내내 지독한 열병에 시달리지요

혼자서
수천 번을 고백하고
수만 번을 해바라기처럼 피고 져도
눈길 한 번 주지 않는 너 때문에
꽃잎 위에 내리는 봄밤의 달빛처럼
내 마음은 따뜻한 슬픔에 젖지요.

그 사람

내가 가장 사랑할 때
내 곁에서 떠나간 사람이 있다

마음에 깊은 상처가 남아도
끝까지 사랑을 놓지 못했던 사람이다.

미워할 수 없어 울었고
그리워할 수밖에 없어서 또 울었다

그 사람 때문에
깊은 아픔에 시달렸지만 가장 눈부셨다

그 사람은
내 인생을 가장 예쁘게 꽃피워준 사람이다.

슬픔에게

해 저무는 저녁 강가에
혼자 앉아 있지 마라

놀이 강물 속으로 뛰어내릴 때마다
슬픔은 더욱 증폭되는 것

흐르는 강물을 하염없이 바라본다고
슬픔이 모두 소멸되지 않는다

어쩌면 소용돌이치는 급류에
깊은 상처만 더할 뿐이다

강 건너 빈집에 불이 켜지더라도
함부로 강을 건너지 마라

외롭다고 불쑥 찾아간 집에
겹겹이 쌓인 어둠을 어떻게 감당하랴

차라리 밤하늘에 앉아서
별을 따 먹는 시늉이나 해라.

차라리 대충 살까

나는 가끔 열심히 뛰는 게
두려울 때가 있다

땀 흘린 것만큼 결실이 맺어지지 않으면
무너지는 마음을 어떻게 감당해야 하나
차라리 대충 살까 생각할 때도 있다

나는 가끔 미친 듯 달려가는 게
무서울 때가 있다

뼈 빠지게 앞만 보고 달렸는데
절벽이 발 앞에 놓이면 어쩌나 불안하여
차라리 속도를 죽여 버릴까 고민할 때가 있다

뜨겁게 뛰다가 내 마음을 불에 다 태울까 봐
삶의 열정을 냉정하게 밀어내고 싶은
충동을 느낄 때가 있다

꿈도 없이 그냥 대충 살면
큰 희망을 기대할 수는 없겠지만
절망과 좌절의 골짜기에 무릎 꿇고 앉아
최소한 죽을 듯이 울부짖지 않아도 되는 것을,

나는 가끔, "차라리 대충 살까"하고
밤하늘의 별에게 고민을 털어놓을 때가 있다

희망

오늘은
기온이 뚝, 떨어졌습니다

이제
봄이 올 날만 남았습니다

걱정하지 말고
웃으면서 살아도 좋습니다.

웃음

우리는
웃으면서 살아야 한다

웃음보다 눈물이 더 좋은 교훈을 준다 해도
웃는 날이 더 많아야 한다

바람이 나를 무참히 끌고 가더라도
웃으면서 풍력을 나의 근육으로 전환시켜야 한다

바람을 잘못 이용하여 넘어지더라도
웃으면서 바람의 손을 잡고 일어나야 한다

힘이 들 땐
더 크게, 더 화사하게, 더 쾌청하게 웃어야 한다

웃음이 웃음 같지 않더라도
우리는 죽을힘을 다해 웃어야 한다.

밤비

소리 없이 비가 왔고
나도 비를 고요히 바라보았다

비보다 내 마음이 적막했고
내 마음보다 비가 더 아득했다

차라리 소리쳐 내렸다면
가슴이 덜 아렸을 것을,

밤새도록 비가 왔고
나도 빗소리에 잠겨 새하얀 밤을 보냈다

비보다 내 마음이 무거웠고
내 마음보다 비가 더 어두웠다

차라리 대낮에 내렸다면
어둠 속에서 소용돌이치지 않았을 것을,

비 때문에
상처로부터 소환되는 내 마음

비가 창문을 적셨고
창에 아롱지는 빗방울을
말없이 나는 바라보았다.

고맙습니다

삶을 뒤돌아보면

나는 힘들게 살아온 것 같습니다

짧은 하루를 길게 살았고

단순한 일을 복잡하게 생각하면서 살았던 것 같습니다

좋은 하루를 지쳐가며 살았고

고마운 하루에 바람을 불러일으키면서 살았던 것 같습니다

내가 걸어온 발자취를 보면

어둠에 소용돌이치면서 걸었던 것 같습니다

여기저기 흩어진 발자국이 그렇고

몸과 마음이 찢어지도록 흔들리는

그림자가 그렇습니다

내가 찍은 발자국에 눈물이 고인 것을 보면

나는 참으로 삶에 대한 애착이 강했던 것 같습니다

아직도 발자국에 고여 있는 눈물이 그렇고

눈물 위에 반짝반짝 빛나는

나의 별빛이 그렇습니다

삶은 나를 힘들게 했지만

나는 무너지지 않고 여기까지 왔습니다
내가 지금 웃으면서 지난날을
추억할 수 있어서 고맙고
많은 날, 많은 순간
내 인생의 봄을 노래할 수 있어서 고맙습니다

풀꽃

햇볕이 너무 좋아
지상으로 올라왔더니
누군가가 따스한 손길로
꽃을 목에 걸어주지 뭡니까!

"내가 이렇게 아름다운 사람이었나?"
하고 물었더니
"원래부터 예뻤다"고
햇살이 따스하게 웃어주네요

내가,
진짜 예쁜 거 맞죠?

꽃밭에 갔다가

꽃밭에 갔다가
옷에 꽃물이 들었다

표백제를 먹여도
지워질 생각을 하지 않는다

내가 너에게 가면
나는 너에게 물들 수 있을까.

괜찮아, 사랑이야

초판 1쇄 발행 2023년 12월 10일

지은이 이근대
펴낸이 정성욱
펴낸곳 이정서재

편집 정성욱
마케팅 정민혁

출판신고 2022년 3월 29일 제 2022-000060호
주소 경기도 고양시 덕양구 무원로6번길 61 605호
전화 031)979-2530 | FAX 031)979-2531
이메일 jspoem2002@naver.com

© 이근대,2023
ISBN 979-11-982024-6-8(03810)

여러분의 소중한 원고를 기다립니다.
jspoem2002@naver.com